Andrea Camilleri

La tripla vita di Michele Sparacino

Rizzoli

ISBN 978-88-17-03161-5

Prima edizione: luglio 2009

La tripla vita di Michele Sparacino

I

Michele Sparacino vinni alla luci alla mezzannotti spaccata tra il tri e il quattro di ghinnaro del milli e ottocento e novantotto.

Viniri alla luci, nel caso spicifico, è un modo di diri pirchì, a parti che era notti fitta, dintra all'unica cammara nella quali bitava la famiglia Sparacino, patre, matre e setti figli contato Michele, la sula cosa che dava uno splapito lucore era 'na cannila addrumata e 'nfilata dintra al collo di 'na buttiglia. Ma tanto la signura Ersilia, la matre, quanto la figlia maggiori, Tonina, di anni quattordici, macari stavota se la seppiro sbrogliare da sole, pirchì Nanà, il capofamiglia, addrummisciutosi 'mbriaco perso come faciva ogni sira, e il rimanti dei figli non foro di nisciuto aiuto.

Il primo probbrema che Michele detti alla società fu quanno sò patre annò a denunziarlo all'anagrafi.

«Quanno nascì il picciliddro?» spiò l'impiegato.

«Mè mogliere mi dissi a mezzannotti spaccata tra il tri e il quattro.»

«Aviti 'n casa 'na sveglia, un ralogio?»

«Nonsi.»

«E allura come faciva a sapiri che era mezzannotti spaccata?»

«Boh.»

«E io che devo scriviri? Il tri o il quattro?»

«Boh.»

«Io scrivi il tri.»

Nanà se la pinsò un momento mentri quello vagnava la pinna nel calamaro.

«Ma scusasse, pirchì me lo voli fari addivintare cchiù vecchio di un jorno?»

«Io non voglio fari addivintari nenti a nisciuno. Addeciditivi: tri o quattro?»

«Boh.»

«Allura scrivo il quattro.»

Nanà parlò mentri quello 'nfilava novamenti la pinna dintra al calamaro: «Sintisse, non può aspittari fino a dumani che nni parlo con mè mogliere?».

L'impiegato ghittò all'aria la pinna la quali, ricadenno, allordò d'inchiostro un foglio del registro. L'impiegato si misi a santiare all'urbigna. Nanà tornò a la casa arraggiato con Ersilia.

«Ma che malafiura che mi facisti fari! Che gli devo diri a quello dell'anagrafi? Il tri o il quattro?»

«Meglio il quattro.»

L'indomani a matino Nanà s'arripresentò all'anagrafi.

«Signori mio, mè mogliere mi spiegò che mentri mè figlio nasciva il ralogio del municipio sonava la mezzannotti. Perciò, dato che potemo sceglìri, avemo addeciso che nascì il quattro.»

L'impiegato non disse nenti, ma supra al registro scrissi tri.

Nanà, che accanosciva i nummari fino a deci, s'arraggiò.

«Vi avivo ditto quattro!»

«Amico mio, il ralogio del municipio va avanti di deci minuti abbunnanti. Perciò...»

«E voi come fate a sapirlo?»

«Pirchì io ho questo.»

Tirò fora dal taschino del gilecco un grosso ralogio che supra al coperchio della cascia aviva addisignato un treno che faciva fumo.

«Questo» prosecuì l'impiegato «è un ralogio delle firrovie dello Stato. Non sgarra di un secunno.»

Quella stissa sira Nanà pagò un giro all'amici della taverna di Bonsignore per fari festa alla nascita di Michele. Un figlio mascolo, macari se arriva doppo altri sei figli, è sempri 'na bona cosa. E accussì gli capitò di contare la storia che gli era successa all'anagrafi.

A 'sto punto Oreste Pilocco spiò: «Sei sicuro che il ralogio del municipio va avanti di deci minuti?».

«Io non sugno sicuro di nenti. Però, quanno l'impiegato mi fici vidiri il ralogio, mancavano deci minuti alla mezza mentri 'nveci il ralogio del municipio stava battenno la mezza.»

«Che ore sunno?» spiò ancora Oreste.

«Manca mezzora alla mezzannotti» gli arrispunnì Bonsignore.

Allura Oreste si vippi 'n'autri dù bicchieri di vino e alla mezzannotti meno un quarto, salutati l'amici, sinni annò al porto.

Il postali Vigata-Lampidusa era già pronto per salpari. L'orario di partenza era alla mezzannotti pricisa.

Doppo tanticchia, Oreste sintì battiri i dudici colpi del ralogio comunali. Ma il postali non si caminò. Passati 'na decina di minuti, il papore fici un fischio longo di sirena e principiò la manopira di partenza. Aviva raggiuni l'impiegato, il ralogio del municipio annava avanti di deci minuti.

Oreste Pilocco, cinco anni avanti, si era fatto un anno e mezzo di carzaro per aviri 'ncitato quelli che travagliavano nel porto a pigliari parti agli scioperi dei fasci siciliani ed era schedato come «sovversivo pericoloso». Quella notti si fici un dù orate di sonno e po' s'avviò verso il grannissimo deposito dei carretti del marchisi Giannertoni che era allocato fora paisi, vicino al camposanto.

Dintra al deposito ci stavano ducento carretti e ducento mule.

Appena che il ralogio del comune battiva le tri del matino, i duecento carritteri 'mpaiavano i carretti e si avviavano verso la minera Trabonella per carricare il surfaro stratto e portarlo nei depositi del porto.

Oreste alli tri vitti trasire i carritteri, ma appena foro le tri e un quarto, quanno già i primi carretti erano pronti per nesciri, egli satò supra a un carretto ìmpaiato e, con voci potenti, gridò: «Statemi a sintiri tutti! Il ralogio del comune va deci minuti avanti!».

Passato il primo momento di strammamento, uno dei carritteri spiò: «E a nui chi ninni futti?».

«Ennò! Vi futti 'nveci! Raggiunati. Se voi principiate a travagliare quanno il ralogio segna le tri, veni a diri che aviti accomenzato deci minuti prima dell'orario. E chisto veni a significari che in sei jorni di travaglio aviti arrigalato un'ora al vostro patrone! Che in un misi gli aviti arrigalato quattro ore! In tri misi, aviti fatto un jorno 'ntero di travaglio che non vi veni né arriconosciuto né pagato!»

«Minchia! Vero è!» dissi qualichiduno.

Sodisfatto del risultato, Oreste scinnì dal carretto e sinni tornò a corcare.

Si scatinò un burdello.

I carritteri addimannaro al marchisi il pagamento della jornata in più a partiri dall'attrassato, veni a diri da cinco anni avanti, cioè dall'urtima vota che il ralogio era stato rivisionato. Il marchisi s'arrefutò. I carritteri scioperaro.

Per solidarietà coi carritteri, scioperaro i minatori.

E per solidarietà coi minatori, scioperaro macari gli spalloni, cioè quelli che si carricavano il surfaro supra alle spalli e lo portavano sino alle varche.

E scioperaro macari tutti quelli che, a Vigata, annavano a travagliare a secunno delle ore che battiva il ralogio: quelli che nei forni facivano il pani, i munnizzari, i maestri delle scole limentari, tutti l'impiegati comunali e no... 'Nzumma, un quarantotto.

Da Palermo vinni spiduto a Vigata a gran vilocità un giornalista per vidiri che stava capitanno da quelle parti.

Il giornalista, a forza di spiare a dritta e a manca, finì col non capirci cchiù nenti e fari 'na gran confusioni. Per cui scrisse un'articolo che dava la corpa di tutto il viriviri «al ben noto agitatore sovversivo Michele Sparacino».

Nascì macari 'na sottili questioni legali che 'mpignò avvocati di gran nomi.

Quattro anni avanti, al baruni Giuggiù Malatesta era nasciuto un figlio mascolo alle cinco e cinco del matino. Era prisenti alla nascita il notaro Carmelo Lòllaro pirchì quella nascita era 'na facenna dilicata assà.

Il tistamento del baruni Malatesta patre recitava che ove il sò primogenito Giuggiù non avissi avuto un figlio mascolo entro e non oltre le cinco del matino del quinnici marzo del milli e ottocento e novantaquattro, la so parti di eredità sarebbi passata al secunnogenito Attilio. Ed era stato proprio Attilio a mannare il notaro Lòllaro pirchì si scantava che Giuggiù l'imbrogliava.

Ora, per stabbiliri che il picciliddro era nasciuto doppo le cinco, il notaro si era basato sul ralogio del comune. E siccome l'addetto all'anagrafi non era lo stisso di quello che aviva il ralogio dei ferrovieri, il figlio di Giuggiù era stato registrato come nasciuto alle cinco e cinco. E Giuggiù Malatesta aviva pirduto l'eredità.

Ma ora che si era vinuto a sapiri che il ralogio annava deci minuti avanti, l'avvocato di Giuggiù Malatesta aviva fatto ricorso pritinnenno la restituzioni dell'eredità, dato che il picciliddro era in realtà nasciuto cinco minuti avanti che fussero le cinco. L'avvocato di Attilio Malatesta prisintò controricorso, motivannolo col fatto che nisciuno era in grado di diri se già quattro anni narrè il ralogio del comune annava avanti di deci minuti. E se quei deci minuti il ralogio li aviva assommati progressivamenti nei cinco anni successivi alla revisioni?

E po', in linea subordinata, faciva prisenti che se il ricorso della parti avversa viniva accolto, sarebbi successo un catunio della madonna, pirchì tutti gli atti fatti da cinco anni a 'sta parti potivano essiri 'mpugnati.

'Ntanto, per fari finiri lo sciopiro, il marchisi Giannertoni fici 'n'accordo in basi al quali detti ai carritteri la mità di quello che volivano. E contemporaneamenti il sò avvocato fici causa al comune.

Nel giro di meno di quinnici jorni, il comune di Vigata arricivì dudici richieste, ancora in via amichevoli, di risarcimento danni, masannò, in caso di risposta nigativa, si passava alla causa.

Il sinnaco, avanti di prisintari le dimissioni, fici dù cose.

La prima fu di dimannare 'na cifra spavintosa alla società che aviva l'appalto della manutenzioni del ralogio.

E la secunna fu di licinziari l'impiegato dell'anagrafi per «turbativa dell'ordine pubblico».

II solito giornalista palermitano arrivò, si fici contare le cose, non ci capì nenti e scrissi un articolo che s'intitolava: *Ulteriori guasti sociali provocati a Vigata dal noto agitatore Michele Sparacino.*

Stava per tornarisinni a Palermo, quanno arricivì un tilegramma del direttori: «Urge intervista Sparacino».

Il giornalista, che si chiamava Liborio Sparuto, accomenzò a spiare indove si potiva attrovari a questo Sparacino. Ma nisciuno degli 'nterpellati, 'n cuscenzia, ne sapiva nenti.

Allura scrisse un altro articolo nel quali contava come e qualmenti tutta la popolazioni di Vigata addiffinniva a Sparacino flabbicanno torno torno a lui un muro d'omertà. Il direttori del giornali, arraggiato, mannò un secunno tilegramma: «Si consideri licenziato in caso di mancata intervista».

Che potiva fari il poviro Sparuto? Scrisse l'intervista. Nella quali diciva che era stato portato, bendato, da dù òmini mistiriosi dintra a 'na grutta. Qui i dù l'avivano libbirato dalla benda e lassato sulo. Dintra alla grutta aviva potuto vidiri un pagliarizzo per dormiri, 'na lampa a pitroglio, un tavolino e dù seggie. Supra a 'na pareti ci stava 'na scritta che diciva: «Morte ai patroni!». Doppo un cinco minuti d'attisa, era arrivato Sparacino, armato di dù lupare. Sparuto lo desciviva come un picciotto manco vintino, con una taliata torva che mittiva spavento. L'intirvista era stata brevi. Sparacino aviva ditto che non aviva tempo da perdiri coi giornali, che aviva 'na sula idea pricisa: la morti di tutti i patroni e l'uguaglianza tra l'omini. E che per questo scopo avrebbi lottato, mittenno a ferro e a foco l'intera provincia, sino alla morti della quali non si scantava dato che non cridiva in Dio. Alla fini dell'intirvista, il giornalista faciva un sulo commento: «Da un uomo siffatto non può che venire, a tutti, gran danno».

Al prifetto di Montelusa, alla cui provincia appartiniva Vigata, per picca non gli vinni un sintomo quanno liggì il giornali. E detti l'ordini d'arristari immediatamenti a Sparacino. E obbligò il giornalista Sparuto di non cataminarisi da Vigata dato che era l'unico in grado d'arriconosciri il tirribbili sovversivo.

Naturalmenti, doppo tri jorni che tutta la campagna nei dintorni di Vigata vinni battuta centilimetro appresso centilimetro, la famusa grutta non s'attrovò. I carrabbineri, nell'occasioni, arristaro a tri latitanti. Ma nisciuno di loro aviva mai accanosciuto al piricoloso sovversivo.

L'articolo che Sparuto scrissi s'intitolava: *Sparacino l'inafferrabile*.

Alle elezioni, arrisultarono vincitori, per la prima volta, i socialisti. E Sparuto scrissi che Sparacino aviva consignato il comune di Vigata alla sinistra.

'Ntanto Michele Sparacino sucava il latti materno e crisciva a vista d'occhio. Sarebbi di sicuro addivintato un picciotto beddro e forti.

II

Erano stati, per la Sicilia, e non sulo per la Sicilia, tempi laidi.

Nel 1894 era vinuta la proclamazioni dello stato d'assedio che stava a significari che cchiù di tri pirsone non potivano mittirisi a parlari 'nzemmula e che a uno l'ammavazzano come un cani se viniva sorpreso a camminare strata strata doppo che il soli sinni era calato.

Quattro anni appresso, vali a diri quanno Michele Sparacino era appena nasciuto, il ginirali Bava Beccaris, a Milano, aviva avuto la bella pinsata di sparari col cannoni contro l'operai.

Dù anni doppo, re Umberto era stato ammazzato da 'n anarchico che di nomi faciva Bresci.

La notizia dell'ammazzatina del re fici 'impressioni assà tra i nobbili e le pirsone civili di Vigata, e per prima cosa s'addecidì di fari fari 'n chiesa 'na funzioni sullenne per l'arma biniditta di sò maistà.

'Na dilegazioni, composta dal marchisi Pecoraro in rappresentanza dei nobili e dal dottori Filippazzo in rappresentanza delle pirsone civili, s'arrecò nella chiesa matrici per parlari col parroco don Talentino e stabbiliri il prezzo, l'ura e il jorno.

«Livatillo dalla testa!» fici don Talentino arresoluto appena che sintì che volivano i dù signori.

«Pirchì?» spiò ammaravigliato il marchisi.

Patre Talentino era uno che parlava spartano: «Pirchì dù non fa tri!».

«Ennò! Lei si deve spiegare!»

«E mi spiego sì! In primisi pirchì i Savoia ci hanno fottuti con quella gran minchiata di Porta Pia. In secunnisi pirchì ci hanno arrubbato terre, case e dinaro! Lassamo perdiri, masannò mi metto a santiare. Che il vostro re si potissi abbrusciare le corna in *saecula saeculorum* tra le fiammi dell'infernu!»

Allura la dilegazioni annò nella chiesa di san Giusippuzzu, indove ci stava come parroco don Agazio Lomento, che era nipoti di uno che era stato con Calibarbo in Aspromonte.

«Non se ne parla!»

«E pirchì?» spiò stavota il dottori Filippazzo.

«Quei fintissimi Savoia hanno fatto sparari a Garibaldi. Doppo che quello gli aviva consignato mezza Italia... Cornutazzi! Nenti, in questa chiesa misse per i Savoia non sinni dicino.»

Ristava la chiesa di Maria Vergini, la cchiù vecchia, mezza sdirrupata di fora e di dintra, i cui parrocciani erano genti misirabili e il cui parroco, don Alicuzzo, certe volte diciva missa mezzo 'mbriaco. Non era propio cosa per un re, ma non c'era scelta.

Dato che dintra alla chiesa non potivano capere tutti quelli che sarebbiro vinuti, la dilegazioni e don Alicuzzo s'accordaro che la missa il parrino l'avrebbi ditta propio davanti al portoni aperto della chiesa, in modo che la genti potiva sintirla dalla piazzetta, capace di un quattrocento pirsone, che sarebbi stata per l'occasioni addotata di seggie.

La duminica che vinni, a mezzojorno, cinco minuti doppo che don Alicuzzo, visibilmenti 'mbriaco come a 'na scimia, aviva accomenzato a diri la missa, supra ai tetti delle case che circonnavano la piazzetta spuntaro 'na decina di òmini 'nfaccialati, ognuno dei quali tiniva 'n mano un catino di quelli che servino per mittirici dintra l'acqua. A un signali dato, i deci òmini 'nfilaro 'na mano dintra al proprio catino, pigliaro 'na cosa e po' la ghittaro supra alle pirsone assittate.

I primi deci che vinniro colpiti dal primo lancio s'addunaro subito, cchiù dall'aduri che dalla sustanzia, che si trattava di mmerda umana.

Nello scappa scappa che ne seguì, cinco fedeli, tri fimmine e dù òmini, vinniro calpestati dalla genti e foro portati allo spitale di Montelusa.

Stavota a Vigata arrivaro dù giornalisti, il solito Sparuto da Palermo e Giovanni Fecarotta da Catania.

Il primo intitolò l'articolo: *Insopportabile oltraggio di Sparacino.*

Il secunno: *Catturare Sparacino dev'essere un punto d'onore.*

Epperciò ai prifetti, ai quistori, data la situazioni, appena che sintivano nominari un anarchico o un bakuniano o un eversivo, accussì chiamavano chi voliva la giustizia sociali, gli viniva la vava alla vucca e gli nisciva il fumo dalle nasche.

In Sicilia, ne avivano arristati a decine. Ma non ce l'avivano fatta a mannare in carzaro a Michele Sparacino semplicementi pirchì non arriniscivano ad attrovarlo, a malgrado che ce la mittissiro tutta. Era 'na situazioni 'nsopportabbili per l'omini che dovivano fari arrispittari la liggi.

Inoltre il giornalista Fecarotta un jorno sì e dù no sinni nisciva con titoli come *Le Autorità chiaramente impotenti davanti a Sparacino*, opuro come *Ma il prefetto e il questore di Vigata che fanno? Dormono?*

Il jorno deci del misi di sittembriro dell'anno milli e novicento e cinco, il giornalista Sparuto vinni convocato d'urgenza dal prifetto di Montelusa.

In un conflitto a foco, i carrabbineri avivano ammazzato a quattro briganti, tri erano stati 'dintificati, il quarto no. Ed era nasciuto il dubbio che potiva trattarisi propio di Michele Sparacino. L'unico in grado di potiri diri se era lui o no era il giornalista, pirchì l'aviva viduto 'n facci duranti la famosa 'ntirvista.

Sparuto, che oramà si era romputo ì cabasisi di continuari a sostiniri la farfantaria d'avirlo 'ncontrato, mittuto davanti al catafero dello sconosciuto, addecise di pigliari a volo l'occasioni per niscirisinni fora e addichiarò che non era possibbili nisciun dubbio, che il morto era Michele Sparacino.

E, nell'articolo che scrisse, descrivì minutamenti il catafero dicenno che il corpo prisintava, proprio 'n mezzo al petto, 'na vecchia ferita d'arma da foco a forma di rosa, «residuo certo delle sanguinose imprese del temibile agitatore».

Il prifetto ebbi appena dù jorni di tempo per tirare il sciato, e aviva allura allura finuto di congratularisi con l'Arma per la brillanti operazioni quanno gli si apprisintò la marchisa Ardelia Nunnaccaro Stampanaro, la cui soro era dama di corte della regina epperciò annava trattata di rispetto. La marchisa, che era fimmina autoritaria e di scarsa parola, spiò al prifetto indove s'attrovava il catafero di Michele Sparacino.

Il prifetto le arrispunnì che era stato seppellito il jorno avanti, doppo il racconoscimento da parti del giornalista.

«Lo tiri subito fora» disse la marchisa.

Il prifetto 'ntordunì.

«Vuole che sia riesumato?»

«Non so se questa parola significa quello che voglio io. Io voglio vedere il corpo, chiaro?»

«Ma pe... perché?»

«Lo voglio vidiri e basta» fici la marchisa susennosi e annannosinni senza manco salutarlo.

All'indomani a matino glielo ficiro vidiri. E la marchisa 'mmediatamenti arriconoscì nel morto un sò nipoti, Carmelino, sequestrato dai briganti tri anni avanti. La ferita a forma di rosa era quanto ristava di 'na vecchia operazioni chirurgica e non un colpo d'arma di foco.

Ne conseguiva che i carrabbineri avivano ammazzato a un 'nuccenti prigionero dei briganti. Complimenti vivissimi a tutti.

Il capitano dell'Arma che aviva comannato l'operazioni si jocò la carrera.

Il giornalista Sparuto arriconobbi l'errori, «tratto in inganno» come scrisse «da un'incredibile rassomiglianza».

Il giornalista Fecarotta, non essenno stato chiamato al riconoscimento del morto datosi che non aviva mai accanosciuto a Sparacino, si sintì offiso e scrisse un articolo contro il collega, intitolato *A che porta il cattivo giornalismo*, nel quali arrivava a diri, sutta sutta, che forsi Sparuto era un complici di Sparacino e aviva apposta avallato l'errori per dari modo a quello di continuare in tutta tranquillità nelle sò nefande 'mprise.

'Ndignato, Sparuto sfidò a duello al giornalista catanisi. Alla pistola.

Sul campo, a Sparuto e a Fecarotta trimavano tanto le mano che parivano aviri la fevri terzana. Il colpo di Sparuto si perse 'n mezzo agli arboli, quello di Fecarotta pigliò sutta al ginocchio a uno dei sò stissi secondi che stramazzò 'n terra facenno voci per il dolori. Il duello fu sospiso.

Negli anni che vinniro appresso, non si sintì parlari cchiù di Sparacino. Ci fu chi disse che sinni era scappato a Malta e chi 'n Tunisia.

La genti aviva accomenzanno a scordarisi di lui, quanno Carmelita, la figlia dell'onorevoli Trimarco, catanisi e politico amico d'importanti pirsonaggi romani, si maritò con il marchisi Filiberto Della Mela, proprietario di tri miniere di surfaro.

Per fari un rigalo al jenniro, l'onorevoli Trimarco ottenni dalle ferrovie un forti sconto per il surfaro avviato nella tratta Caltanissetta-Catania, mentri il costo per la tratta Caltanissetta-Vigata subiva un liggero aumento. Il che, in paroli povire, viniva a significari 'na mezza ruvina per i commercianti di surfaro di Vigata, dato che accussì il comercio si sarebbi tutto spostato su Catania.

Allura vinni addeciso uno sciopero ginirale al quali parteciparo tanto ricchi commercianti tanto povirazzi come carritteri e spalloni. Doppo lo sciopiro, 'na delegazioni sinni partì per Roma, vinni ascutata dal ministro e questi disse che avrebbi riconsiderato la cosa. 'Nfatti, doppo 'na simanata, il ministro livò l'aumento previsto per la tratta Caltanissetta-Vigata e diminuì ancora di cchiù il costo dell'altra tratta. E allura comercianti e carritteri protestaro cchiù forti di prima. Stabilero di fari 'na granni adunata pubbrica per concordari quello che c'era da fari. Il prifetto non autorizzò l'adunata, la genti s'arreunì lo stisso, 'ntirvinniro i carrabbineri, la genti li pigliò a pitrate, i carrabbineri spararo e ammazzaro a uno, ma subito appresso foro costretti a scapparisinni 'n caserma dalla reazioni che si scatinò.

Pigliati dalla furia, oltre mille vigatesi acchianaro a Montelusa, travolsero i carrabbineri di guardia alla prifittura, sfonnaro il portoni, trasero dintra al palazzo e gli dettiro foco.

Siccome si capiva che prima o doppo qualiche cosa di grosso sarebbi capitato a Vigata, Sparuto e Fecarotta s'attrovavano già in loco. Sparuto, che voliva allontanari ogni sospetto di complicità con Sparacino, scrisse che era stato proprio Sparacino a 'ncitari la folla a pigliari a pitrate i carrabbineri e po' a guidarla nell'assalto alla prifettura.

Non sulo l'aviva arriconosciuto, ma macari Sparacino aviva arriconosciuto a lui, tanto è vero che gli aviva arrivolto «un ghigno orribile».

L'articolo di Fecarotta, seppure diverso in qualichi dettaglio, nella sustanzia confermava l'articolo del collega.

Quello che stava succidenno a Vigata non 'mpidì che il costo ridotto per la tratta Caltanissetta-Catania vinissi approvato.

E la 'mprisa cchiù spittaculosa avvenni il jorno che da Caltanissetta partì il primo treno carico di surfaro diretto 'n Catania.

I carrabbineri e la polizia scortaro i carretti che dalle miniere del marchisi Della Mela annavano alla stazioni, e supra alla banchina di carrico c'era 'na fila di carrabbineri armati che non finiva cchiù. La partenza avvenni senza 'ncidenti.

A meno di cinco chilometri dalla stazioni, mentri travirsavano un tratto in aperta campagna, il machinista Brucculeri s'addunò che supra ai binari c'era qualichi cosa che non accapì. Allura disse a Spiridiuni, l'aiutante fochista, di taliare macari lui. Si ficiro pirsuasi che si trattava di un tronco di un arbolo grosso assà. Santianno, Brucculeri firmò il treno e scinnì con Spiridiuni che gli annava appresso.

«Ce la facemo a spostarlo?» spiò Brucculeri dubitoso.

Spiridiuni non fici a tempo ad arrispunniri che vittiro nesciri di cursa, da 'na speci di boschetto, a sei òmini a cavaddro, 'nfaccialati e armati di fucili. Il machinista e l'aiutanti fochista cadero 'n ginocchio a vrazza isate.

«Per carità, non ci ammazzate! Semo patri di famiglia!»

Quelli manco gli arrispunnero. Scinnero dai cavaddri, con un pezzo di corda longo attaccaro a Brucculeri e a Spiridiuni allo stisso arbolo e po' s'addedicaro al treno.

Tempo 'n mezzorata, tri carrozze avivano pigliato foco.

Il machinista e il sò aiuto vinniro libbirati un'orata appresso. 'Nterrogati dai carrabbineri dissiro che il capo dei sei di nomi faciva Michele pirchì accussì l'avivano 'ntiso chiamare dai sò compagni. I carrabbineri attrovaro, nelle vicinanzi dei vagoni merci 'ncindiati, un cuteddro a serramanico che portava 'ncise le iniziali «MS». E allura non ebbiro cchiù dubbi. Qualichiduno fici ossirvari che le iniziali potivano significari Mario Smecca, Massimo Sciortino e via di 'sto passo. Non ci fu nenti da fari. «Fatti la fama e curcati» si dice dalle nostre parti. E accussì il giornalista Maurizio Lavaccara, che aviva pigliato il posto di Sparuto, scrissi un'articolo intitolato: *Michele Sparacino torna alla ribalta!*

III

All'ebica di questi fatti, Michele Sparacino aviva deci anni ed era da quattro che travagliava campagne campagne circanno di aiutari come potiva la famiglia.

Quanno che scoppiò la prima guerra munniali, nel milli e novicento e quattordici, vinniro chiamati alle armi i sò tri frati cchiù granni, Matteo, Gerlando e Luzzo.

Nel milli e novicento e sidici lo stisso Michele, che aviva oramà diciotto anni, dovitti passari la visita di leva. S'apprisintò al distretto e vinni fatto mittiri nudo 'nzemmula con un cintinaro di picciotti della sò stissa età. A un certo momento si vinni ad attrovare davanti a un tavolino tutto cimmigliato di carte darrè al quali c'era un vecchio marisciallo con un paro di lenti che parivano funni di buttiglia.

«Come ti chiami tu?»

«Sparacino Michele.»

Il marisciallo circò tra i fogli che aviva davanti, ne pigliò uno, lo liggì 'mpiccicanno il naso supra alla carta.

«Minchia!» fici tutto 'nzemmula.

Si susì di scatto dalla seggia e annò a pruiri il foglio a un capitano. Quello se lo taliò e meno di cinco minuti appresso dù militari, che gli tinivano puntato di supra il fucili, lo ficiro rivistiri.

«Al fronte, in prima linea, ti passeranno i bollenti spiriti!» gli dissi 'n facci, arraggiato, il capitano.

E po', arrivolto ai soldati: «Portatelo via».

Cinco jorni appresso, com'è e come non è, Michele Sparacino s'arritrovò dintra a 'na tricea del Carso, china di morti e di fango, con gli astrechi che gli sparavano da tutte le parti.

«Ma che minchia gli ho fatto, a questi qua?» si spiò, ancora 'ntordonuto da quello che gli stava capitanno.

E con «questi qua» non s'arriferiva sulamenti agli astrechi.

Si fici otto misi di prima linia, e per tutto 'sto tempo sò patre e sò matre non ebbiro cchiù notizie di lui. Gli altri tri figli 'nveci mannavano cartoline militari nelle quali dicivano che stavano boni. Le cartoline che arricivivano dal fronti, i Sparacino se le facivano leggiri da un vicino di casa, dato che non avivano fatto le scole, e del resto i fratelli Sparacino le cartoline se le facivano scriviri da qualichi compagno, dato che manco loro avivano fatto le scole.

Ora il fatto era che Michele spidiva ogni simana 'na cartolina a sò patre e a sò matre, ma non arrivava pirchì viniva bloccata dalla censura militari.

Quanno Biancacci, il compagno che sapiva leggiri e scriviri, gli spiava che voliva scrivuto nella cartolina, Michele arrispunniva che doviva mittirici la virità, e cioè che la guerra era 'na cosa fitusa. E accussì annò a finiri che le cartoline s'assimigliavano tutte: «Carissimi genitori qua c'è lo spara spara che tutti s'ammazzano come cani io sono sempri rifriddato e spero finisci presto 'sta fitinzia di guerra vostro figlio Michele».

Alla dudicesima cartolina, l'addetto alla censura signalò il soldato Michele Sparacino come «pericoloso disfattista», e la signalazioni arrivò al capitano Filippoti, che era il comannanti della compagnia alla quali appartiniva Sparacino.

Un jorno che era mezzo assintomato dal friddo e dalla fami pirchì il rancio non era stato possibbili distribuirlo per le cannonate nimiche, Michele si sintì toccari supra a 'na spalla dalla punta di un frustino. Isò l'occhi. Davanti a lui ci stava il capitano Filippoti che lo taliava malamenti. E allato a lui c'era il tinenti Pintacuda, un grannissimo figlio di buttana, volontario, odiato da tutto il reparto pirchì non aviva considerazioni manco per i moribunni.

«Attenti!» fici il tinenti con una voci che l'intronò.

Si susì, si misi sull'attenti.

«Sei tu Sparacino Michele?» spiò il capitano.

«Signorsì.»

«Sei tu che l'altro ieri ti sei lamentato del rancio?»

«Signorsì. C'erano i vemmi.»

«Non erano vermi, coglione! Erano spaghetti!»

«Io non hajo mai viduto i spaghetti caminare.»

II capitano parse nisciuto pazzo.

«Tu sei uno schifoso disfattista! Un lurido sovversivo! Ti conosciamo bene! Attento a quello che fai e a quello che dici. Tu sei un sobillatore nato. Al primo errore, ti ritrovi davanti al plotone d'esecuzione! Capito, farabutto? Tenente!»

«Signorsì!»

«Questo bel tomo l'accompagni subito all'osservatorio Beta!»

Michele, che già sintiva un friddo di moriri, si congelò. Pirchì sapiva che cosa era l'osservatorio Beta. Essiri mannato là assignificava priciso 'ntifico a 'na cunnanna a morti.

«Andiamo» fici Pintacuda.

Caminaro dintra alla trincea per un centinaro di metri, po' il tinenti gli indicò 'na scaliceddra di ligno.

«Sali. Ti troverai sopra a una piattaforma sopraelevata. Quello è l'osservatorio. Ci sono un binocolo e una tromba. Se capisci che il nemico sta organizzando un attacco, suona la tromba. Spero che ti sparino subito in fronte.»

Ma pirchì minchia ce l'avivano tutti con lui?

Michele acchianò e appena che fu a livello del tirreno vitti davanti a lui cinco o sei cataferi uno supra all'autro. Acchianò ancora e arrivò alla piattaforma che tiniva supra 'na speci di garitta tutta chiusa davanti e a dù lati con assi di ligno.

Dintra ci stava un morto, il compagno mannato prima di lui. Per potiri trasirici, Michele dovitti ghittare il catafero fora, supra all'autri. C'era 'na feritoia dalla quali, col binocolo, si potiva taliare la trincea nimica. Ma squasi subbito accapì che non aviva bisogno del binocolo, gli abbastava la vista, che aviva bona assà.

Chiaramenti, nella trincea nimica c'era un bravo cecchino che arrinisciva a sparari 'n mezzo alla fronti ai soldati italiani. S'acculò e accomenzò a raggiunari, pirchì aviva la ferma 'ntinzioni di scapottarisilla. Raggiuna che ti raggiuna, 'ntanto finì di chioviri e spuntò il soli, che pigliò in pieno la garitta. Fu proprio il soli a fargli viniri 'na pinsata. Pigliò il binocolo, lo posò nella feritoia e s'acculò novamenti. Manco un minuto doppo, un colpo di moschetto passò un centilimetro supra al binocolo e annò a perdersi nel vacante che c'era al posto della pareti di funno.

Dunqui il cecchino s'arregolava dallo sparluccichio delle lenti del binocolo quanno vi battiva la luci del soli!

Isò un vrazzo, recuperò il binocolo, lo posò 'n terra, si isò e s'affacciò a taliare dalla feritoia. Nisciuno gli sparò. Senza il riflesso del binocolo, il cecchino non si potiva addunare della so prisenza.

Doppo dù jorni qualichiduno dalla trincea gli fici voci che era arrivato il cambio. Non s'aspittavano che lui arrisponniva, erano certi che era già catafero. Però lo era squasi, pirchì nisciuno se l'era sintuta d'acchianare a portargli il rancio. Al compagno che arrivò, spiegò la facenna del binocolo e sinni scinnì in trincea 'n tempo per inchirisi la gavetta. Stavota non ci fici caso che i spaghetti caminavano e se li mangiò.

Quanno il capitano lo vinni a sapiri, 'mpazzì novamenti dalla raggia e lo mannò a chiamari.

«Perché non sei morto?»

«Boh. Non lo saccio.»

«Io sì invece! Intelligenza col nemico! Tenente!»

«Signorsì!» fici Pintacuda.

«Lo metta ai ferri!»

Non arriniscì a finiri la frasi che principiò il finimunno. Gli astrechi accomenzaro un violento foco d'artiglieria e po' attaccaro. Ma non ce la ficiro a pigliari la trincea e dovittiro arritirarisi.

Allura vinni ordinato il contrattacco.

Mentri avanzavano verso il nimico, Michele Sparacino truppicò contro un morto e annò a finiri 'n terra affacciabbocconi.

A causa della caduta, dal moschetto partì un colpo. La pallottola annò avanti per i fatti sò fino a quanno non incontrò la nuca del capitano Filippoti, ammazzannolo.

Appena tornato dintra alla trincea, Michele vinni assuglìato dalle voci di pazzo del tinenti Pintacuda che, taliannolo con l'occhi sgriddrati, gli puntava contro la pistola: «Assassino! Ti ho visto con questi occhi sparare al capitano Filippoti! Faccio giustizia sommaria!».

II sirgenti Mariano Cubeddu gli si parò davanti: «Tenente, non faccia sciocchezze!».

Arriniscì finalmenti a convincirlo. E Michele Sparacino fu portato in fortizza a Verona per essiri giudicato dalla corti marziali.

Il giornali di Verona pubblicò la notizia, che vinni ripigliata dal giornali palermitano. Erano cinco righe di cronaca, ma abbastaro per fari satare dalla seggia al giornalista Lavaccara appena che il sò occhio gli cadì supra. Non gli parse vero di scriviri un articolo intitolato: *Michele Sparacino non si smentisce!*

L'articolo lo liggero macari quelli del giornali di Verona, che volliro da Lavaccara 'na speci di cunto della vita, morti e miracoli di Sparacino. E Lavaccara fici un dittagliato resoconto accomenzanno dalla prima 'mprisa accanosciuta e che risaliva al milli e ottocento e novantotto. Naturalmenti l'articolo lo liggero macari il ginirali Carlo Alberto Torres, presidenti della corti marziali, e, con lui il colonnello Berti-Torrone, che sostiniva l'accusa, e il maggiori Santonostaso, che avrebbi dovuto fari la difisa dell'imputato, ma che non aviva avuto ancora il tempo di vidirlo e parlari con lui. E tutti si ficiro subito pirsuasi che il plotoni d'esecuzioni sarebbi stato il minimo per il soldato Michele Sparacino.

Po' finalmenti il maggiori Santonostaso annò ad attrovari 'n cella a Michele, pirchì tra 'na decina di jorni sarebbi accomenzato il processo. Si era portato appresso 'na vintina di cartoline fornitegli dalla censura e l'articoli di Lavaccara.

Si fici rapriri la porta della cella, trasì, detti un'occhiata al carzarato, nisci novamenti fora. Il militare carzareri lo taliò 'nterrogativo. «Avete sbagliato cella. Non è Sparacino.»

«Ma signor maggiore...»

«Avete sbagliato, vi dico!»

Il militari carzareri annò a chiamari al sò superiori. Il quali confirmò che il picciotto dintra alla cella era Michele Sparacino. Il maggiori allura non lo volli cchiù vidiri e annò a trovari al colonnello Berti-Torrone.

«Guarda che questo Michele Sparacino non può essere lo stesso di cui parla il giornalista siciliano.»

«Perché no?»

«Perché il nostro ha vent'anni o poco più, mentre lo Sparacino sovversivo dovrebbe averne almeno una quarantina. Secondo me, è un caso di omonimia.»

«Resta il fatto che ha sparato al suo capitano.»

«Ti voglio segnalare che il sergente Mariano Cubeddu si è messo a rapporto e ha raccontato, a nome del plotone, un'altra versione del fatto.»

«E cioè?»

«Che si è trattato di un incidente.»

«Che cazzo vuoi che m'interessi quello che dice un sergente qualsiasi?»

«Be', vedi, il sergente Mariano Cubeddu è uno dei pochi che abbiano avuto in vita la medaglia d'oro.»

Il colonnello Berti-Torrone annò a parlari della facenna col ginirali Carlo Alberto Torres.

«Io me ne fotto e lo faccio fucilare lo stesso!» replicò il ginirali.

«Generale, mi perdoni se oso. Non sta a me ricordare a lei quanti focolai di ribellione s'accendono ogni giorno tra le nostre truppe. Il sergente Cubeddu è molto ascoltato e seguito. Penso che sarebbe un errore se...»

«Va bene» tagliò il generale che aviva tra le mano 'na dicina di fucilazioni certe epperciò a una potiva arrinunziari. «Mettete in giro la voce che il soldato Sparacino è stato prosciolto in istruttoria e speditemelo in primissima linea. Spero che ci resti appena arriva.»

Tri jorni appresso Michele s'attrovò in un posto che si chiamava Caporetto.

E quanno arrivò, tutti i sò compagni si erano già fatti pirsuasi che lui aviva ammazzato al capitano e che era stato accussì abbili di fari accridiri che si era trattato di 'na disgrazia.

IV

Nella stissa nuttata il tinenti Pintacuda lo mannò col caporali Galati e il soldato Vallarino a tagliari i riticolati della trincea nimica, ma i nimici li sintero trafichiare appena che avivano accomenzato e 'na raffica di mitragliatrici spazzò via a Galati e a Vallarino.

Michele tornò narrè ancora col tronchese 'n mano.

«Da sulo non ce la pozzo fari.»

Allura il tinenti Pintacuda ordinò ai soldati Stefanucci e Nandigò di annare 'nzemmula con Sparacino.

'N'altra raffica e s'arripitì la stissa storia.

Sparacino tornò e disse che aviva bisogno di altri dù omini. Il tinenti Pintacuda detti l'ordini ai soldati Marrone e Vitaliano.

Ma quelli non si cataminarono. Anzi, Marrone, 'mpalato sull'attenti, disse: «Ci vada lei, signor tenente!».

Pintacuda scocciò la pistola mittennosi a fari voci: «Questo è un ammutinamento! Io vi faccio decimare!».

Allura Sparacino, per livari le cose di mezzo, disse al tinenti: «Lassasse perdiri, ci torno da sulo».

Al tinenti Pintacuda vinni la vava alla vucca.

«Sei sicuro che a te non t'ammazzano, eh, farabutto? Questa è la prova evidente che tu sei d'accordo col nemico! Come fai a farti riconoscere, eh, traditore?»

E stava per spararagli quanno il sirgenti Cubeddu gli detti 'na manata sul vrazzo e gli fici cadiri 'n terra la pistola.

Doppo manco tri jorni che stava 'n trincea, senza un minuto di paci, senza potiri chiuiri l'occhi per cinco minuti a causa dei botti della cannunate, mangianno un jorno sì e tri no, vinni 'mproviso l'ordini di ripiegamento. La prima parti della ritirata si svolgì bastevolmenti ordinata, tanto che la compagnia alla quali appartiniva Michele arrivò squasi al completo in un paisuzzo delle retrovie.

Il tinenti Pintacuda, offiso nel sò onori di militari pirchì i soldati non si erano fatti ammazzari tutti 'nveci di scappari davanti al nimico, si misi subito a rapporto.

Contò al ginirali comannanti che la compagnia

«aveva ceduto per la superiorità numerica e di volume di fuoco del nemico, questo non si poteva negare, ma soprattutto perché lo spirito combattivo, l'amor di patria e il senso del dovere erano stati subdolamente inquinati e resi vani dalle azioni e dalle parole disfattiste del sergente Mariano Cubeddu, che aveva rinnegato il suo glorioso passato di combattente per il quale gli era stato concesso il riconoscimento supremo, la medaglia d'oro, e soprattutto del soldato Michele Sparacino, un autentico e comprovato sovversivo, sobillatore e disfattista».

In conclusioni, spiava l'autorizzazioni a mettiri ai ferri e quindi a fucilari a Sparacino, in quanto il sirgenti Cubeddu era morto duranti la ritirata.

Naturalmenti, il ginirali comannanti consentì.

E il tinenti Pintacuda, filici di potirisi vindicari finalmenti del soldato Sparacino che tante malafiure gli aviva fatto fari, mannò un caporali e dù soldati ad arristarlo.

Ma quelli, per quanto lo circarono, non l'attrovaro.

Spiaro ai compagni di Michele indove l'avivano viduto l'urtima volta e arricivero risposti che uno diciva 'na cosa e l'altro ne diciva una diversa.

Appena rifirero la scomparsa di Sparacino al tinenti Pintacuda, questi non ebbi nisciun dubbio.

Michele Sparacino aviva disertato approfittanno della confusioni della ritirata. Ancora 'na vota, «fatti la fama e curcati».

E il ginirali comannanti 'nfilò il nomi dì Michele dintra a 'n elenco di disertori che, se vinivano arritrovati, dovivano essiri fucilati 'mmidiato, senza processo. I nomi dei disertori foro macari mannati ai rispittivi paisi d'origgini, in modo che, se si ripresentavano nelle loro case, vinivano 'ncarzarati e «passati per le armi».

Inutili diri che quanno il giornalista Lavaccara vitti il nomi di Michele Sparacino nell'elenco arrivato 'n Sicilia, scrissi un articolo sdignato che era 'ntitolato: *Non poteva che essere un disertore.*

Ma il soldato Sparacino unni era annato a finiri?

Nella nuttata fitta che accomenzò la ritirata, Michele, appena che principiò a strisciari dintra alla trincea per po' mittirisi addritta e scappari, vinni pigliato al collo da 'na scheggia di shrapnel.

Ebbi fortuna in quanto si trattò di 'na ferita di striscio che gli fici però perdiri sangue e tempo assà prima di arrinesciri ad attupparla con un pezzo della cammisa. Non si addunò però che il colpo aviva tranciato la catinella appisa al collo che riggiva la piastrina di riconoscimento.

Fora dalla trincea, non attrovò a nisciuno dei sò compagni e si misi a caminare annanno nella direzioni cuntraria a quella indove cchiù 'nfuriava il bummardamento nimico.

Ma a ogni passo che faciva si sintiva sempri cchiù stanco e cunfunnuto.

Erano jorni che non mangiava e il sangue perso stava facenno il resto.

Doppo un'orata non ce la fici a proseguiri e si stinnicchiò darrè a 'na troffa d'erba serbaggio addrummiscennosi squasi subbito.

Raprì l'occhi non seppi quanto tempo doppo pirchì gli parse che stava chiovenno. E tomo tomo a lui sintì che parlavano tidisco. E allura accapì che non chioviva, ma che un sordato nimico gli stava piscianno di supra cridenno che era un catafero. Non si cataminò, in modo che continuassiro a cridirlo morto. Tanto, che differenza faciva?

Doppo tanticchia gli astrechi sinni ghiero.

Allura lui ripigliò a caminare fino a quanno si vitti la strata tagliata da un granni fiumi.

Non sapiva natari epperciò non s'abbinturò dintra all'acqua. E po' non l'avrebbi fatto manco se sapiva natari, pirchì il fiumi era grosso per le chiovute e la correnti era forti assà.

Si stinnicchiò novamenti 'n terra pirchì era morto di stanchizza e aspittò.

Alle primi luci dell'arba, vitti che a 'na cinquantina di metri ci stava 'na speci di ponti fatto di ligno ma mezzo sdirrupato.

C'era un silenzio strammo, nisciuno sparava un colpo.

Si susì, annò verso il ponti, ci acchianò e al secunno passo che fici 'na pallottola sparata da 'na sintinella taliana, che l'aviva scangiato per un sordato nimico, lo pigliò preciso 'n mezzo alla fronti facennolo cadiri morto dintra al fiumi.

E ccà finisce la storia della doppia vita di Michele Sparacino.

E d'altra parti, a bono considerari la sò esistenzia, non potiva che finiri accussì: ancora 'na volta, l'urtima, scangiato per un altro.

Lo saccio benissimo che il titolo parla di 'na tripla vita. Ma io, arrivato a 'sto punto, sarei tentato di cangiare titolo e di non scriviri cchiù un rigo.

Pirchì mi è vinuto un dubbio: si può continuari a chiamari vita quello che capita a un omo doppo che è morto?

No, non sto parlanno di cose come la sopravvivenza nell'aldilà o l'immortalità dell'anima, mi arriferisco semplicementi a quello che può continuare a succediri a un omo, supra a questa terra, macari doppo che è morto. O meglio: non a un omo, ma al corpo di un omo. Chiaro? E supra a questa terra, torno a ripetiri.

Epperciò tutto quello che veni fatto a quel catafero, fa parti ancora della so ex vita o no?

Forsi l'unica è fari accussì: io la storia la cunto lo stisso, ma voi potiti libberamenti non cridirici, d'accordo?

Il corpo di Michele Sparacino cadì nelle acque del fiumi e sinni calumò 'n funno subbito per il piso dello zaino.

La correnti accominzò a farlo arrutuliari come 'na trottola, e ogni tanto lo mannava a sbattiri contro a qualichi masso dal quali rimbalzava per ripigliari a rutuliari.

Se 'nveci annava a sbattiri con a un altro catafero, a rimbalzare erano in dù, uno da 'na latata e l'altro dalla latata opposta. E in questo continuo rutuliamento Michele pirdiva via via qualichi cosa, l'ermetto, lo zaino, le fasce delle gamme...

Quanno, doppo jorni e jorni, arrivò alla foci, annò a firmarisi contro a 'na riti che era stata mittuta apposta per evitare che centinara di cataferi annassiro a finiri a mari aperto.

Po' vinni ricuperato da un riparto spiciali che spartiva i morti in dù categorie: quelli arriconoscibili dalla piastrina o da qualichi altro documento, che vinivano mittuti tutti da 'a parti, e quelli ai quali non era possibbili dari un nomi, che vinivano mittuti da un'altra. Michele Sparacino annò a finiri tra questi urtimi.

Qualichi anno appresso, tutti i cataferi dei sordati morti ristati scanosciuti vinniro raccolti in un unico camposanto. Che era tutto fatto di croci senza nomi.

Po', qualichi anno ancora appresso, al camposanto di croci senza nomi, e senza sciuri portati da parenti o zite o mogliere, e diserto di visite il jorno dei morti, e sarbato dall'abbandono sulo dalla cura del custodi che aviva perso un figlio 'n guerra, successi all'improviso il viriviri.

Da 'na decina di machine longhe e nivure scinnero ginirali in alta uniformi, omini in tait, un cardinali, signure 'ngioiellate col velo longo e nivuro supra ai capilli.

Si misiro a caminare 'n silenzio tra le filere di tombe, e po' 'na signura col velo che annava 'n testa a tutti 'ndicò 'na croci a caso e disse: «Questo».

La cascia di ligno rustico dintra alla quali ci stava il corpo di Michele Sparacino fu cangiata con una cascia che ci volivano occhi per taliarla, tutta d'ebano massiccio 'ntagliato e con una gran croci d'oro, mentri che tutti sinni stavano 'mpalati sull'attenti e 'na banna sonava 'n continuazioni marce militari.

Doppo la binidizioni del cardinali, la cascia nova vinni mittuta supra a un camion militari cummigliato di bannere e portato a passo d'omo di paisi 'n paisi.

E siccome che la Storia arrutulia òmini e cose pejo che l'acqua del fiumi che arrutuliava i cataferi, a comannari la scorta d'onore vinni designato l'ex tinenti Pintacuda, ora capitano per meriti di guerra.

E in ogni paisi che passava c'erano la banna e le autorità ad aspittarlo e reparti dell'esercito che prisentavano le armi e le campani delle chiese che sonavano e qualichi fimmina anziana che s'agginocchiava chiangenno strata strata e lo chiamava: «Figlio mio, figlio mio...».

Dato che non accanoscevano il nomi di quel poviro militi 'gnoto.

Che era quello di Michele Sparacino.

Quanno finalmenti arrivò a Roma e ad aspittarlo c'era macari il re e la piazza grannissima era tutta un mari di silenzio e di teste e la cascia vinni 'nfilata dintra a 'na speci di tomba di marmaro 'n cima a 'na scalunata di marmaro che portava a un palazzo di marmaro, al giornalista Lavaccara, 'spressamenti 'nviato nella capitali per la cirimonia, vinni 'n testa come accomenzare l'articolo da mannare al giornali: «Avremmo voluto avere oggi davanti a noi i traditori, i vili, i rinnegati, i disertori come Michele Sparacino, per costringerli a inginocchiarsi davanti al sacro sacello...».

Un destino ritardato

conversazione con Andrea Camilleri
di Francesco Piccolo

Partirei non tanto dal racconto di Michele Sparacino, quanto dal personaggio, che è un uomo qualunque, un grande ignoto.

Destinato a diventare l'ignoto supremo, l'ignoto assoluto.

Ecco, parliamo del destino di quest'uomo che diventerà un eroe grandissimo, ma involontario, e soprattutto ignoto.

Devo dire che si arriva a scrivere un racconto per suggestioni lontanissime. La prima suggestione per creare questo personaggio mi è nata dalla frase conclusiva de *I vecchi e i giovani* di Pirandello, che io avevo ripreso in mano per fatti miei, perché mi interessava quando una rivista mi aveva chiesto di rispondere alla domanda: «Cos'è un italiano?». Era difficile rispondere, e allora mi sono andato a rileggere questo romanzo di Pirandello. Nel finale il vecchio ex garibaldino, equivocando su quello che sta succedendo, si veste con le medaglie, esce e l'esercito gli spara, poi lo rivoltano e vedono che quello è pieno di medaglie risorgimentali e allora si chiedono: «Chi avevano ucciso?» – questa è l'ultima frase del libro. Allora, va' a sapere per quali lontane cose, m'è nata l'idea di scrivere di uno che è esistito ma era come se non fosse esistito; o è sempre esistito equivocato ogni volta per essere un altro e che, quando muore, finalmente nella terza vita riesce a essere quello che è, cioè un ignoto.

Non soltanto vive un'altra vita, ma è una vita che lo precede. La suggestione più forte del racconto sta nel fatto che Michele Sparacino vive una vita da adulto quando è ancora un infante e vive una vita da uomo ormai leggendario quando sta appena cominciando a mettere piede nella vita adulta. Poi, con un precipitare degli eventi, diventa un eroe quando è ormai già morto.

C'è solo un punto in cui lo sfasamento temporale tra Michele e il personaggio che gli hanno messo addosso non coincide: è quando l'ufficiale va nella cella, lo vede e dice: «Ma qui non tornano i tempi, non torna l'età!». E addirittura io lì sento di non essere riuscito a trovare l'escamotage per non arrivare a quella scena, per fare in modo che fino alla fine nemmeno uno dei personaggi riuscisse a comprendere lo sfasamento temporale dell'equivoco. Non sono stato così bravo da trovare una soluzione per questo.

Però il povero lettore se la meritava una rivelazione esplicita...

Forse sì. Si dice che certe volte un racconto si aggiusta da sé, e probabilmente è vero. Forse è successo.

Ecco, questo è interessante. In un racconto del genere il lettore insegue la verità, è lì a pensare di continuo: «Oddio, ma quando lo capiscono...». Allora: quanto deve essere frustrato il lettore in queste storie? Quanto è necessario mettere in atto una sorta di sadismo nei suoi confronti?

Ma io non sono sadico. Tanto è vero che nella mia scrittura adopero addirittura due tipi di linguaggio: uno più semplice, e uno – che è quello che mi piace di più – che è per intenderci quello del *Re di Girgenti* o di altri romanzi.

Quando scrivo Montalbano, faccio come faceva Eduardo De Filippo – io sono stato il produttore delle prime commedie di Eduardo in televisione. Eduardo ritoccava i dialoghi e io gli dicevo: «Edua', ma come, è così bello...». E lui: «Camilleri, qua siamo in televisione, abbiamo davanti un pubblico enorme, gli vogliamo far capire quello che succede?». Fermo restando che poi il testo ufficiale era quello che pubblicava da Einaudi e che faceva in teatro. Questo dimostra che non sono un sadico. Però via, ogni tanto... Non si può dare sempre la caramella al lettore, ogni volta che piange.

Oltretutto questo è un racconto preso da una serie di storie che lei scrive per «divertimento personale»...

Sì, non hanno una destinazione editoriale, né la vogliono avere. Guarda, anche se non pare, sono un uomo estremamente ordinato, mentalmente. Non so se se l'hai notato, ma tutti i romanzi di Montalbano si compongono di 180 pagine conteggiate sul mio computer, divise in 18 capitoli di 10 pagine ciascuno. Se il romanzo viene fuori con una pagina in più o in meno, io riscrivo il romanzo, perché vuol dire che c'è qualcosa che non funziona.

Perché invece Montalbano funziona così, in 180 pagine?

Perché secondo me così, in 180 pagine esatte, funziona. Quindi io prima di scrivere ho bisogno di fare il lucido, come fanno i geometri, cioè a dire: qual è il respiro di questo romanzo che ho in testa? I vuoti, i pieni, dove c'è la finestra, dove c'è il giardino. Ho bisogno di organizzarmi questo schema, e fino a quando non organizzo questo schema sono incapace di scrivere. Anche se il romanzo, in un altro ordine di successione, ce l'ho tutto in testa. Quando finalmente ho questo lucido davanti a me, allora comincio.

Anche Simenon era un geometra. Anche lui era maniaco della preparazione.

Quindi vuol dire che non sono solo delle mie manie, questo mi consola. Come mi consolò una volta una storia che coinvolse Leonardo Sciascia. Mi chiamò e mi chiese: «Andre', ce l'hai un racconto?». Aveva fatto con Guglielmino un'antologia di scrittori siciliani, e stavano pensando a una seconda edizione – io avevo già pubblicato due romanzi: *Il corso delle cose* e *Un filo di fumo*. Disse che però voleva un racconto, non voleva pubblicare brani di romanzo. In quel periodo avevo scritto tre racconti, Montalbano era lontanissimo, quindi non erano polizieschi. Gli dissi: «Te li lascio in albergo tutti e tre, scegli tu quello che vuoi». Poi mi telefonò dicendo: «Mi piace *Capitan Caci*, non lo dare a nessuno perché te lo pubblico nell'antologia».

Dopo circa una quindicina di giorni mi telefona un carissimo amico e mi chiede: «Hai letto l'ultimo libro di Jorge Amado, *Due storie del porto di Bahia*?». «No, non l'ho letto.» «Te lo presto io» mi dice. «E no» rispondo, «Amado me lo compro subito.» E vado a comprarlo. Sono due racconti. Comincio a leggere il primo e mi sento davvero male. Perché due episodi, e di difficile invenzione, erano lì. Erano in quel racconto. Ci resto veramente. Ti descrivo solo un episodio: Capitan Caci, doppiato Capo Horn, fa naufragio e si trova su una zattera con un negro gigantesco. Hanno pochissimi viveri, possono assicurare la sopravvivenza di una sola persona e allora se la giocano a tressette e briscola. Vince Capitan Caci e il negro si deve buttare a mare. Ora, una storia del genere è difficile che due se la ritrovino uguale. Mia moglie dice: «Sarà una storia marinara, capace che l'avete sentita tutti e due nell'infanzia e fa parte di un corredo che vi siete poi dimenticati». Comunque, io telefono subito a Leonardo Sciascia e gli dico: «Ridammi il racconto, non lo pubblicare, perché chi glielo leva poi dalla testa alla gente che ho plagiato Jorge Amado?».

Però, d'altra parte era anche una consolazione, la conferma di avere la capacità di raccontare...

Questo senz'altro. E pensa che con Amado mi è successo ben tre volte – ma una di queste tre me ne sono fottuto, ho detto: «Io pubblico lo stesso, chi se ne frega e buonasera!».

E poi, senti: dopo anni viene pubblicata un'antologia di racconti fantastici italiani dell'Ottocento e del Novecento. Questa antologia viene recensita da Italo Calvino su «Repubblica» – è uno dei suoi ultimi scritti. Tra gli altri Calvino parla di un racconto di Beniamino Joppolo, che si intitola *Lo zio*, che lo ha particolarmente colpito. Racconta di una coppietta giovane, nella quale c'è il ragazzo che dice sempre alla ragazza: «Ieri sera mio zio è stato geniale» e narra battute, aneddoti, cose meravigliose... La ragazza naturalmente si incuriosisce e dice: «Ma fammelo conoscere tuo zio!». Su questa richiesta il ragazzo fa calare sempre il silenzio. Poi, una volta, il ragazzo deve andare fuori per lavoro e, lascia fare alle donne, la ragazza si procura in un attimo l'indirizzo dello zio. E ci va. Bussa alla porta. Sente una voce che risponde: «Avanti!». Entra e si trova in una foresta tropicale, e appeso a un albero c'è uno scimmione che le dice: «Tu devi essere la fidanzata di mio nipote».

«Qual è la questione?» dice Calvino. «La questione è che nel mio cassetto ho un racconto identico. L'unica variante è che lo zio non è uno scimmione, ma un delfino. La ragazza entra a casa dello zio e si trova davanti una enorme piscina, il delfino le dice: "Tu devi essere la fidanzata di mio nipote".»

Come si spiega questa cosa? Né Calvino lo ha copiato a Joppolo, né il contrario. Forse, sostiene Calvino, i racconti sono idee archetipali – come una biblioteca lì pronta. Uno va e si prende una storia. Poi capace che arriva un altro e si prende la stessa storia per sé.

Con tutte le varianti...

Con le varianti, certo, ma i racconti sono quelli.

Invece eravamo partiti dal rapporto tra le 180 pagine di Montalbano e questi racconti scritti per divertimento.

Sì, citavo Montalbano perché questa è una serie di racconti di 4 capitoli di 6 pagine ciascuno. 24 pagine. Tutti uguali.

Questo è il primo che ha pubblicato?

Sì. Ce ne sono altri quattordici che ho scritto.

E come mai questi racconti non sono destinati alla pubblicazione?

Una pubblicazione presuppone sempre un richiamo: stai attento a quello che fai! Una sera ho visto alla tv un'intervista a Carla Bruni e lei diceva: «Una cosa è quando parlavo con i miei amici, un'altra è ora che sono la moglie del presidente della Repubblica».

Sì, mi ricordo. Parlava dell'impatto che avevano le stesse parole pronunciate prima, in quanto mo-

della o cantante, e adesso. Aveva colpito anche me perché diceva una cosa molto precisa.

Se sai che il racconto è destinato a Rizzoli, allora cominci, come posso dire, a tener conto della pubblicazione. Poco fa noi facevamo il discorso: fino a quando bisogna tenere impiccato il lettore. Ecco, questo è già un problema che prevede la pubblicazione, che nasce con l'idea di pubblicazione. Invece questo problema non voglio averlo, voglio avere la libertà assoluta nell'invenzione di storie anche estremamente improbabili – senza che le conseguenze siano importanti. *Sparacino* è un racconto scritto così, e devo dire che è uno dei più riusciti.

Mi piace che siamo entrati nel laboratorio della scrittura. Mi incuriosisce molto: lei scrive Montalbano in 18 capitoli da 10 pagine e quelli sono libri destinati alla pubblicazione. Però poi anche i racconti del divertimento, che non pensa di pubblicare, sono organizzati in 4 capitoli da 6 pagine. È come se questi racconti fossero la sua stanza dei giochi, eppure...

Mia madre mi diceva che la mia stanza dei giochi, da bambino, era ordinatissima.

Ma cosa fa scaturire, l'ordine?

Suppongo che sia l'ordine a far scaturire il racconto. Io dico che la mia poetica è un grande pannello da cantastorie – dopo te lo faccio vedere, ce l'ho di là. Ci sono 40 riquadri, e la storia devi raccontarla in 40 riquadri, non puoi andare oltre né fermarti prima. Ed è una sorta di inconscia reazione per esempio a certi fatti teatrali, quando per anni sono stato a fare Stanislavskij e continuamente ci si chiedeva: cosa c'è prima e cosa c'è dopo? Ecco, non c'è niente. Tutto deve essere compreso nel romanzo, non puoi dire che c'è qualcosa prima. Se c'è, la devi mettere nel romanzo, altrimenti non esiste. Mentre in teatro un prima c'è, ed è il dietro le quinte, in un romanzo quello che c'è prima è la copertina e quello che c'è dopo è la quarta di copertina. Basta. Allora, lì dentro il prodotto deve rispondere a mie particolari geometrie mentali, e fino a quando non risponde a queste particolari geometrie, io non licenzio il libro. Anche se a malincuore dovrò tagliare venti pagine, le taglio. Vuol dire che non l'ho pensato bene. Perché sto a lungo a pensare a un racconto o a un romanzo. La scrittura, che dicono sia così veloce, non è altro che calare la pasta perché l'acqua è già arrivata al punto giusto di bollitura.

È vero che Michele Sparacino *fa parte di questi racconti improbabili, ma i racconti, anche quelli fantastici, esistono, vengono scritti perché hanno un legame con il mondo intorno. Il racconto di Michele Sparacino parla anche dell'Italia di oggi.*

Non c'è dubbio.

Il tema che risalta di più, a questo proposito, è quello del giornalismo. Cioè un'idea dell'informazione molto violenta, determinante nel destino di quest'uomo proprio perché violenta. E soprattutto menzognera.

Il problema è che qui l'ho voluta fare menzognera, ma in realtà la storia poteva essere raccontata anche in un altro modo, senza che il giornalista fosse volontariamente menzognero. Quando lo diventa? Nella finta intervista.

È giusto. Prima forse non è così. Prima è un aver inteso un'informazione sbagliata.

Sono rimasto colpito per sempre da una storia avvenuta trent'anni fa, di un padre arrestato e sbattuto in prima pagina come un mostro per aver violentato la figlia di tre anni. Poi si scopre, dopo neanche una settimana, che la bambina era gravemente ammalata e sarebbe morta di lì a poco. Quindi non c'era stata nessuna violenza, ma solo una malattia terribile. Io ho pensato a quest'uomo, a un'accusa così infame, e soprattutto al dolore che provava mentre lo accusavano perché sapeva qual era la verità; cioè non solo era innocente ma anche consapevole della morte imminente di sua figlia. Mi sono sempre detto, da allora: «Ma quanti danni si possono fare?». Per questo motivo quando mi chiedono di scrivere – e credimi, me lo chiedono ogni volta che accade un delitto – a proposito di fatti di cronaca, dicendo: «Montalbano cosa ne pensa?», rispondo sempre: «Montalbano non pensa nulla, perché non ha gli atti dell'indagine, non ha gli atti del processo, non ha nulla» e forse non giudicherebbe nemmeno se avesse letto tutti questi documenti.

Una volta mi chiamarono, trenta o quarant'anni fa, al Tribunale di Roma. Urgente. Mi trovo di fronte un signore che mi dice: «Il suo nome è stato sorteggiato come giurato in Corte d'assise». Dico: «Mi faccia capire, devo giudicare quelli che ammazzano?». «Sì.» «Ma io non lo voglio fare.» E quello: «È impossibile, non si può sottrarre». «No, senta – dico – io faccio il regista, mi trovo spessissimo fuori Roma, non posso...» «Mi dispiace, lei va dove deve andare, però poi quando deve venire in Tribunale torna a Roma.» Veramente mi venne da piangere: «Per carità, mi aiuti, non sono in grado di giudicare un'altra persona, mi creda...». Lui ci pensò e poi disse: «Mi ha detto che fa il regista, vero? Non dipende dallo Stato? Guardi, se ha un amico medico che le fa un certificato in cui c'è scritto che lei non ci sta tanto con la testa, allora...». E me lo feci fare. Quindi presso il tribunale risulterà ancora che non ci sto tanto con la testa, ma tanto gli artisti si sa, sono tutti un po' pazzi, e quindi era ovvio che anch'io lo fossi. Però così mi sono sottratto a quella che per me sarebbe stata una tragedia. Quindi figuriamoci se adesso scrivo un articolo poco informato su un omicidio.

In questo caso il giornalismo è menzognero e alla ricerca del capro espiatorio. E la questione che ci riguarda è che un'informazione menzognera forma un'opinione nei lettori, un giudizio. Michele Sparacino diventa il colpevole di ogni malefatta per tutti, proprio perché sono stati manipolati dall'informazione.

Perché allora l'opinione comune era formata da gente che leggeva i giornali. Oggi le cose sono completamente diverse. L'opinione oggi è formata dalla televisione, i giornali li leggono in pochi.

E l'impatto è più forte.

Spaventosamente più forte. Quindi c'è una maggiore responsabilità del giornalista video rispetto a quello della carta stampata.

Il risultato è che ogni italiano ha una sua ipotesi, anzi una sua certezza su ogni delitto, su ogni processo.

Io sono dell'opinione che noi italiani abbiamo un *delete* automatico che ci consente un'autonomia mnemonica di un mese, al massimo di un mese e mezzo, superato il quale ci dimentichiamo di tutto. Ogni volta ci sorprendiamo di qualsiasi cosa: «Madonna, c'è stata un'inondazione a Roma che l'acqua mai aveva raggiunto quell'altezza in tutta la Storia...». Poi andiamo a vedere che nel 1604 l'acqua aveva raggiunto il secondo piano. Ma la nostra memoria è troppo corta.

C'è però un'unica cosa su cui abbiamo la memoria lunga: i delitti, i fatti di cronaca nera. Ma per un altro motivo: perché immediatamente ci dividiamo, a pelle, in innocentisti e colpevolisti. Vediamo il presunto colpevole e diciamo: «Maria, quanto mi sta antipatico! Sicuramente è stato lui». O quell'altro ci sta simpatico e lo riteniamo innocente. E da questo momento in poi, anche se la Cassazione lo condanna all'ergastolo, l'innocentista continuerà a ritenerlo innocente. Questa è l'unica cosa di cui conserviamo memoria e per questi fatti, quindi, ci sono responsabilità ancora maggiori. I teatrini di Porta a Porta su Cogne ne sono l'esempio.

Il problema non è tanto la responsabilità dell'italiano nell'avere questa passione morbosa per la cronaca nera, ma è chi lo induce ad averla.

Quando nelle classifiche internazionali ci mettono al quarantesimo posto o giù di lì nell'informazione, non credo ritengano che non ci sia libertà di informazione, perché in Italia la libertà c'è. È molto semplice: basta comprare «il Giornale» di Berlusconi e «l'Unità», calcolare il minimo comune denominatore...

... E il risultato è un giornale moderato...

Esatto. La media farebbe venire fuori una verità accettabile.

Ma è proprio ciò che manca negli ultimi anni in Italia, un'opinione moderata.

E manca la prudenza. Lo spettatore viene buttato, come si può dire, a catafascio, «cavallo e carretto», come diciamo noi. Gli viene imposto di scegliere una posizione. Allora io racconto sempre che avevo un mio compare, quando c'era un solo canale nella televisione italiana, e c'era il famoso colonnello Bernacca che faceva le previsioni e diceva: «Domani, domenica, è una bellissima giornata, potete andare a fare la gita fuori porta». A quel punto il mio amico diceva sempre: «Io po sì o po no, l'ombrello mi lo porto». Allora, per favore, portatevi l'ombrello davanti alle notizie. Se non altro vi ripara il cervello e potete ragionare meglio.

Michele Sparacino avrebbe mai potuto essere un non siciliano, un non provinciale?

No. È un provinciale ed è siciliano.

Siciliano o meridionale in genere...

Sì, avrebbe potuto essere anche di un paesino della Calabria. Dovessi raccogliere questi racconti in un libro, lo intitolerei: *Storie di Vigata*. Per dire che rientrano tutti nell'ambito vigatese, si svolgono in epoche storiche diverse, ma sono tutti di quell'ambiente.

Questo è il mondo di Vigata, che è fondamentale per la sua narrativa.

È l'unico mondo che conosco, perché quello urbano l'ho conosciuto tardi. Certo, Palermo non è un paesino, però è un altro discorso: andavo all'università, facevo Lettere ma non c'era l'obbligo di frequentare, quindi andavi lì, davi l'esame e te ne tornavi al tuo paesello a studiare. Solo quando sono venuto a Roma, superati i ventiquattro anni, ho avuto il primo vero impatto con la città. Infatti quando «la Repubblica» o altri giornali mi chiedono di scrivere un racconto su Roma, mi viene francamente difficile, e alla fine scrivo sempre storie del mio impatto con la città – gira e rigira batto sempre sullo stesso tema.

La gran parte della letteratura italiana del Novecento è fatta da provinciali (non solo meridionali), e da provinciali che sono poi andati in città.

Ora uno sembra che dica una bestemmia, ma

quanto è provinciale Gadda con *L'Adalgisa*? Sta parlando di una metropoli, sta parlando di Milano, però quest'aria di provincia ne fa un libro di una ricchezza infinita.

E Roma è una grande città di provincia?

Roma è provincialissima. C'è un romanzo di Palazzeschi, *Roma*, appunto, che si svolge tra due ambienti romani, che più provincia di quella... Quando io venni a Roma, nel '49, abitavo a pochi passi da qui, e la sera passavano le capre, le pecore, che se ne tornavano a Monte Mario. Nel '49 Roma era al massimo un capoluogo di provincia. E forse lo è rimasta.

L'idea di provincia, così radicata in questa nazione, può essere anche un'idea di salvezza? Il fatto di guardare il mondo da un punto di vista marginale non ha anche un risvolto positivo?

In questo momento l'Italia sta esprimendo il massimo del provincialismo. C'è stato un momento nel quale la politica italiana non aveva nulla di provinciale. È stato il grande momento di De Gasperi e Togliatti, perché, stringi stringi, avevano vissuto un'esperienza non italiana. Chi era stato con l'impero austro-ungarico, chi era stato in Russia, in qualche modo non avevano una chiusura, portavano un qualcosa da fuori e la portavano in Italia.

Se mi chiedessero di fare un'antologia scolastica, io farei un'antologia di discorsi italiani. Invece di Cicerone, Foscolo e Dante, ci metterei per esempio De Gasperi: «Sento che tutto, tranne la vostra personale cortesia, è contro di me».

Il discorso di Parigi.

È l'inizio del discorso splendido scritto la notte avanti, con Togliatti, Nenni, Sforza, che dicevano: «Leva la virgola, sposta la parola» eccetera. Ecco, quello non era provinciale. Poi siamo tornati a provincializzarci. Ma una cosa è la politica e una cosa è la letteratura.

Appunto.

La politica non deve avere uno sguardo rivolto alla provincia, nella letteratura puoi permetterti di descrivere la tua provincia se la usi come paradigma del mondo. Racconta il tuo villaggio e avrai raccontato il mondo. L'ambizione è quella.

E in cosa l'Italia sta esprimendo il peggio del provincialismo?

Secondo me, e mi posso sbagliare, nell'eccesso del particolare, l'eccesso del *mio*, di quello che ho. Questa era la peculiarità della provincia: le classi abbienti della provincia erano concentrate a mostrare la propria ricchezza.

Ricordo la questione del termosifone del Bell'Antonio *di Brancati, quando arriva il primo termosifone a Catania e tutti diventano pazzi.*

Ecco. L'Italia vuole dimostrare di avere quello che non ha, in questo preciso momento. E questo è molto provinciale.

Vorrei adesso passare alla questione fondamentale di Camilleri e quindi di questo Michele Sparacino, *in cui la «sua» lingua è molto forte. Mi sembra che ormai sia diventata un assunto, un'evidenza: la lingua di Camilleri. Mi piacerebbe ricostruire il processo con cui è arrivato a scrivere così. È una lingua inventata? E se è lo è, quanto è necessaria per far scaturire la narrazione?*

Io cominciai a scrivere giovanissimo e naturalmente scrivevo in italiano; e devo dire che avevo dei bei riconoscimenti perché, per esempio, Ungaretti mi incluse nella sua antologia del Premio Saint Vincent – avevo diciannove anni e uscì per Lo Specchio di Mondadori. Che so, Luigi Berti mi pubblicò in quella splendida rivista che era «Inventario». Oppure la prima a pubblicare le mie poesie fu Alba De Cespedes su «Mercurio», la storica rivista del dopoguerra. Io dalla Sicilia mandavo queste cose e quelli me le pubblicavano, senza nemmeno sapere come ero fatto di faccia.

Quindi giovanissimo, quando non era ancora arrivato a Roma.

Sì, sì. Prima. E poi mi capitò quella cosa straordinaria che Andrea Zanzotto ha voluto ricordare, cioè che nel '47 partecipai al Premio Libera Stampa di Lugano. La giuria era composta da Contini, Bo, Ferrata... Insomma, faceva spavento.

Dopo circa otto mesi la giuria mandò a ciascuno dei concorrenti un pezzetto di carta mal stampato. Diceva: sono arrivati 400 manoscritti, tra questi ne sono rimasti in gara solo 20, e seguiva l'elenco. Zanzotto ha voluto ricordare nel Meridiano a lui dedicato questa singolarità: che quei maledetti Bo, Contini e Ferrata avevano individuato la futura letteratura italiana. C'è un tale Pier Paolo Pasolini – siamo tutti intorno ai vent'anni; c'è Danilo Dolci, c'è padre David Maria Turoldo, c'è Andrea Zanzotto, insomma tutti – e poi ci sono io che sono arrivato per ultimo, quarant'anni dopo. Però avevo riconoscimenti di questo tipo.

Scrivevo anche racconti. Me li pubblicava un giornale di Palermo molto bello, che si chiamava «L'Ora». E poi cominciò a pubblicarli un quotidiano romano che si chiamava «L'Italia socialista», lo dirigeva Aldo Garosci e aveva una splendida terza pagina.

E fin qui ci siamo. Nel momento in cui dal racconto di tre cartelle passavo a un racconto più lungo, però, finiva tutto. Ma davvero finiva tutto. Diventavo incapace.

Come, incapace?

Ora te lo spiego. Che cosa succedeva? Tu scrivi sei cartelle di getto, mangi, te ne vai a dormire, ti svegli, ti ripigli in mano il racconto. Ed è come un ponte appaltato a due società diverse, per cui ti trovi con ottanta centimetri di differenza tra un'arcata e l'altra. Pareva scritto da un'altra persona, quindi non ero in possesso di una mia voce. Magari la sera andavo a leggere Palazzeschi o Cecchi...

... E sulla pagina arrivavano Palazzeschi o Cecchi.

Sì, o scrivevo come Montale che avevo letto la sera prima. Però in poesia mi era facile, al massimo spari venticinque versi e buonasera: ce la fai a fare i cento metri piani, è la maratona che non riesci a fare.

Ed era consapevole di questo problema?

Ne ero consapevole. Capivo che non sapevo scrivere in italiano.

Non riusciva a superare quella misura.

Avevo il fiato corto. Per noi l'italiano è una lingua imparata a scuola come il francese, solo che lo sai meglio del francese perché lo senti parlare.

Sì, soprattutto per le generazioni come la sua, precedenti all'alfabetizzazione diffusa.

I contadini della mia terra dicevano: «'O taliano si impara cu lu culu». Volevano dire: a forza di botte sul sedere. Al liceo, al ginnasio, si continuava a parlare in dialetto, malgrado le proibizioni fasciste – perché il fascismo voleva che si parlasse tutti in italiano. Quindi nel momento in cui, dopo anni di teatro, dopo anni che non scrivevo niente, mi è scappata di nuovo la voglia di scrivere…

Perché, aveva abbandonato la scrittura?

Sì, non scrivevo più.

Ma per frustrazione?

In realtà non sentivo nemmeno una grande frustrazione, perché fare il regista di teatro non mi faceva disperare sulla scrittura. Dicevo: vabbe', pazienza. Ho lasciato perdere tutto, sì, ho scritto qualcosa sul teatro, nel senso di critiche e cose così; ma di invenzione più nulla.

Poi successe che un giorno mio padre si ammalò. Lo portarono in clinica e mi dissero che non c'era più niente da fare. Allora io passavo le serate a parlare con mio padre. E gli raccontai una storia che mi era venuta in mente. Gliela raccontai tutta. Quando si trattò di scriverla, dopo quattro o cinque vani tentativi…

Di traduzione, verrebbe da dire.

Sì, di tentativi di tradurla in italiano, dissi: «Ma perché non la scrivo come la raccontiamo noi, e come l'ho raccontata a mio padre?». Chi mi diede il coraggio di scriverla in quel modo fu Gadda. Qui si ferma, credo, il mio debito con lui.

Però l'idea che ci fosse qualcuno che lo aveva fatto...

Sì, qualcuno che poteva inzeccarci dentro i dialetti, tranquillamente. Allora cominciai ad analizzare perché parlavamo in un certo modo, *come* parlavamo in un certo modo. E mi venne in mente una meravigliosa frase che mi disse mia madre quando avevo sedici anni. Figlio unico, avevo le chiavi di casa. Tornavo alle due di notte, fino a quando lei si ruppe le scatole e un giorno mi fece questo testuale discorso: «Niniddù, figlio mio, cerca di tornari presto la notti, pirchì in finu a quannu nun torni e nun sentu 'n purtuni ca si chiudi, ca tu sì turnato, nun arrinescio a pigliari sonno, e se questa storia non finisce io ti taglio i viveri e voglio vedere...».

«Fermati qua» ho detto. La prima parte è una mozione degli affetti e me l'ha fatta in dialetto. L'intimazione legale me l'ha fatta in lingua italiana.

Sembra davvero il processo di nascita di una lingua.

Dopodiché mi imbattei in due cose. Uno scritto di Pirandello, datato 1898, favoloso, che dice: «Quando un piemontese e un siciliano si incontrano, come parlano? In realtà traducono dal loro dialetto, e poi aggiustano, se non sono illetterati, i loro dialetti in un italiano mediatore. Perché di una data cosa il dialetto esprime il sentimento, mentre della medesima cosa la lingua esprime il concetto».

Continuai a studiare il buon Pirandello. E mi accorsi che in una splendida traduzione del *Ciclope* di Euripide, da me messa in scena tre volte, l'autore adopera il dialetto in un modo molto singolare, cioè a dire che all'interno di un dialetto ci sono le varie parlate: la parlata borghese, la parlata contadina... I contadini usano parole che i borghesi non usano, e viceversa. Lui lì fa parlare il Ciclope come se fosse un contadino di quelli grevi: «Che mi veni a parlare de li dei, figghio mio, li dei? Chiovi, mi chiuo dentro a me grotta, mi 'ncopuno, mi vivo un fiasco de vino, mi mangio un quarto d'agnedduzzo e tiro certi pirita che li trona di lo patre Giove mi fanno ridiri».

Questo è il linguaggio del Ciclope, meraviglioso. Poi c'è il linguaggio di Ulisse. Ulisse ha fatto il militare a Cuneo, come Totò, e quindi dice: «Ci putisse indicare una fonte d'acqua onde per cui i miei marinari putissiro abbeverarisi?».

E poi c'è Sisifo, il capo dei pastori: «Diciamo

che si potrebbe agevolare la cosa se si putissi parlare da uomini d'onore, faccia a faccia...». Mafioso.

È una cosa sublime, quella traduzione. E mi ha dato l'idea di cominciare, prima di tutto, a mettere le parlate tutte insieme e agitarle in uno shaker. In secondo luogo, coraggiosamente, quando non mi veniva la parola, inventarmela. Per assonanza o altro. E adoperare l'italiano quando andava adoperato. Così è nata la mia lingua.

Però nel primo romanzo non ho avuto il coraggio di portare fino in fondo questa operazione. Quando lo scrissi, *Il corso delle cose*, godevo dell'amicizia di quello che ritengo un grande critico italiano, Nicolò Gallo. Ci vedevamo ogni sabato, ma mi vergognai di dargli il romanzo manu cu manu, andai in Piazza Ungheria 10 e glielo lasciai a casa.

Mi persi Nicolò Gallo.

Per un mese e mezzo non ne ebbi più notizie. Allora gli scrissi due righe: «Nicolò, se devo perdere la tua amicizia perché il mio romanzo non ti è piaciuto, fai conto di non averlo mai ricevuto». Mi telefonò e disse: «Vieni subito».

Andai e lo trovai con il mio romanzo e una pila di foglietti annotati, come faceva lui. E mi disse: «Se tu intraprendi questa strada, perché non la porti a fondo? Coraggio, forza! Io ti ho fatto una serie di osservazioni, rivedi il romanzo e me lo porti tra un anno – anzi, no, è troppo poco: facciamo un anno e mezzo. E te lo pubblico da Mondadori».

Allora lui dirigeva Il Tornasole con Vittorio Sereni, nella quale pubblicò per esempio Vincenzo Consolo (*La ferita dell'aprile*). Benissimo. Però pensai: aspetto un po' di tempo a metterci mano, altrimenti mi sembra di fare il compito. Mi lessi le osservazioni e però volevo maturarle. Ma in questo breve periodo, come dice Gadda, Nicolò provvide a rendersi defunto. E quindi mi trovai senza Mondadori, perché non c'era nulla di scritto, ne avevamo solo parlato noi due. Finito questo romanzo, per dieci anni gli editori me l'hanno rifiutato tutti. Non uno, tutti. Quando l'ho riscritto, molti anni dopo, per pubblicarlo da Sellerio, sono andato a rivedere quelle annotazioni e ho seguito i suggerimenti di Nicolò – suggerimenti che avevo seguito ormai anche per gli altri romanzi.

Far nascere questa lingua da un racconto per il padre è l'inizio della storia della sua voce letteraria...

È così, anche se io non parlo volentieri di questa storia. Nella sostanza, io ero figlio unico, e quando mio padre andò in pensione comprò una casa a Roma con mia madre e se ne venne a vivere qui per starsene vicino a me. Avevo molto rispetto per mio padre, soprattutto c'erano tantissime cose di lui che mi piacevano, ma eravamo politicamente agli opposti. Io ero comunista, mio padre era monarchico, era stato fascista, squadrista, aveva fatto la Marcia su Roma – anche se, caduto il fascismo, malgrado tutte le offerte, non volle più partecipare a nulla, dicendo che era stata un'esperienza legata a Mussolini, e che la cosa si era per lui conclusa. Era un uomo molto aperto, perché me lo ricordo come sbottò contro le leggi razziali, posso dirlo con la stessa sincerità con cui ho detto che era stato squadrista.

E alla fine, in quella clinica, ci siamo ritrovati. E fu un ritrovarci talmente forte che la notte prima di morire identificò me con se stesso e rivisse un momento della guerra in cui era stato promosso capitano sul campo per meriti di guerra. Era agli ordini di Emilio Lussu. Lui era Lussu e io ero lui. Urlava: «Tenente Camilleri, non faccia il coglione, si defili!».

È un racconto molto forte.

In quell'ultimo momento c'è stato questo legame, e per distrarlo dal dolore dissi: «Papà, ho pensato di scrivere questa cosa accussì».

Vedere sulla pagina quel linguaggio, quelle parole scritte in dialetto, è stata la scoperta della propria voce?

Ho detto proprio così: questa è la mia voce. Il mio primo tentativo di scrivere in italiano, da allora, è recente: *Un sabato, con gli amici* è tutto in italiano.

E perché ci ha voluto riprovare?

Perché voglio sperimentare. A ottant'anni mi sono rotto i coglioni di scrivere sempre Montalbano e i romanzi storici. Ho cominciato a scrivere anche altre cose. Tanto vale…

Prima ho citato Simenon, che aveva la stessa mania di fare uno schema rigidissimo prima di scrivere un romanzo, non solo per Maigret ma anche per i romanzi-romanzi. Questo produceva in Simenon una gran quantità di libri. Anche in Camilleri produce una gran quantità di libri. Allora: l'ordine è anche il segreto per scrivere tanto?

Non so se l'ordine porta a scrivere molto, certo non mi ingombra, ecco. Tu lo sai meglio di me: quando scriviamo, non è che abbiamo solo quell'idea in testa, ne abbiamo anche altre quattro o cinque. Ma se tu ce n'hai bloccata una, palettata in modo perfetto, le altre cose che hai in mente non te la sporcano, quindi fai minore fatica a costruire la casa accanto perché il terreno è perfettamente circoscritto, non ci sono calcinacci o altro ammucchiati in quell'angolo dove tu devi andarci a scrivere sopra, a costruirci un'altra casa.

L'altra cosa che incuriosisce è il rapporto con il successo. Questo successo improvviso... È vero che è arrivato tardi, ma credo ci sia una giovinezza che rimane dentro e che riguarda la pubblicazione del primo libro, la prima recensione, la prima volta che si vede il proprio libro in classifica. Questa emozione rimane identica a qualsiasi età?

No.

No, davvero? È interessante.

Nessuna emozione può equivalere a quella di una mattina del 1945 in cui io vengo in una Roma splendida – avevo mandato delle poesie ad Alba De Cespedes per «Mercurio» – e in via Veneto, davanti al Café de Paris, dove c'è l'edicola, vedo che in quel momento l'edicolante appende il numero di maggio di «Mercurio». Mi avvicino, miope come sono, e leggo: De Gasperi, Sforza, Nenni, Alvaro, Camilleri. Mi si tagliarono le gambe. Qualcuno mi disse: «Si sta sentendo male?». Mi sedetti e dissi: «Portatemi un cognac». E impiegai due ore ad alzarmi dalla sedia e ad andare a prendere la rivista, temendo un'omonimia.

Quello è un momento irripetibile?

Certo, poi il primo romanzo, l'oggetto libro... Vedi, in dieci anni di rifiuti di quel mio romanzo non ero riuscito a scrivere nient'altro, era come un tappo. Ecco, avere l'oggetto libro tra le mani ha fatto saltare quel tappo. Infatti l'anno dopo già pubblicavo con Garzanti *Un filo di fumo*. Cioè, non è stata un'emozione pari a quell'altra, è stata più una necessità. La rimozione di un blocco.

Il successo dà più coraggio?

Non dà più coraggio, dà più libertà. Cioè a dire: puoi rischiare. E infatti è quello che sto facendo negli ultimi tre anni: sto rischiando, e anche di brutto. Mi ha dato la libertà di rischiare.

Questo riguarda anche quella lingua inventata. Nel vedere che la cosa che scrivi arriva, funziona, hai voglia e coraggio di tirarla fuori con più convinzione.

E infatti *Il Re di Girgenti* credo che sia il massimo da questo punto di vista. Ma il successo, oltre a darti maggiore sicurezza, ti dà libertà, questa è la cosa fondamentale. Ora non so se sia una libertà dovuta anche alla vecchiaia... Perché uno dei tantissimi pregi della vecchiaia è che pensi: «Senti, sai che ti dico?». E dici quello che pensi. Però il successo ti dà una certa tranquillità, è come se avessi un terrapieno cementato sotto di te.

La libertà, che arriva dal successo ma pure dalla vecchiaia, diventa quindi importante anche per il

Camilleri militante, quello che interviene sull'attualità politica italiana, spesso in modo spudorato, satirico. È questa libertà che dà la forza di dire tutto quello che si pensa, sapendo di determinare un'opinione nei lettori?

È difficile da spiegarsi. Per esempio c'è stato un giornalista napoletano, che scrive male di me ogni volta, appena può, che ha detto: «Ma Camilleri non si rende conto che facendo esprimere idee politiche a Montalbano perde lettori?». Bene, non me ne frega niente! Questa è la libertà che ti dà il successo. Se perdo cento lettori, vabbe', pazienza, li ho persi. Lo zoccolo duro rimane. È quando tu giochi ad andare a squietare proprio lo zoccolo duro che c'è un rischio, come è successo con *Un sabato, con gli amici* o con altri libri. Ma se non me lo consento ora, quando me lo devo consentire?

La speranza di un autore è che il cammino che fa lui lo facciano anche i suoi lettori.

Può darsi. Parecchi credo di essermeli tirati appresso.

Incontra spesso persone che vogliono scrivere?

Dunque: io non credo alle scuole di scrittura. Sto facendo una cosa con Baricco, perché me l'ha chiesta, ma con persone che avevano già esperienze.

E la sua scuola di scrittura qual è stata?

Anzitutto, aver impattato con almeno tre insegnanti strepitosi tra ginnasio e liceo. Una fortuna che non tutti hanno.

La scuola italiana è da sempre fatta di colpi di fortuna, come se i grandi insegnanti venissero sorteggiati dal caso, e solo per alcuni.

Io sono stato fortunato. Ho avuto dentro la scuola due enormi insegnanti, uno di italiano, che si chiamava Emanuele Cassesa e l'altro di filosofia, che si chiamava Carlo Greca. Li ho sempre ricordati con devozione e con affetto.

Cassesa era un dissoluto, nella sua vita privata. Un giocatore alla Dostoevskij, capace di giocarsi la qualunque. Passava le notti nei circoli siciliani e certe volte diceva: «Ragazzi, non sono in grado di fare lezione. Chiudete le imposte, fate quel minimo di casino che fate sempre quando ci sono io in classe in modo che il bidello non si insospettisca, e fatemi dormire mezz'ora». Cassesa arrivava e cominciava a spiegare Dante. Tutta la classe, dal più svelto al più imbecille, capiva Dante. Arrivato alla quarta lezione, disse: «... E con ciò le mie lezioni terminano». «Come, professore, terminano?» «Sì, ho fatto i conti: con quello che mi passa lo Stato, più di quattro lezioni non vi posso fare.» «E noi che facciamo, restiamo così?» «No» disse lui, «continuiamo, ma mi pagate: mi comprate un pacchetto di sigarette a settimana.» Allora noi, ogni settimana, gli facevamo trovare sulla cattedra il suo pacchetto, ma pretendevamo che ci facesse lezione fino all'ultimo secondo. Solo anni dopo mi sono reso conto che era stata una mossa intelligente...

Aveva ribaltato il senso del dovere.

Proprio così. E se sono stato in grado di capire Dante, è stato grazie a lui. Diceva: «Come leggi? Perché me lo leggi così se il senso è un altro? Andre', rileggilo di nuovo». Questa è stata la prima scuola. La scuola che ho trovato io fuori dalla scuola è stato l'incontro con una professoressa giovane che tuttora vive lì, Lia Giudice. La sorella di quel Gaspare Giudice, mio amico fraterno, morto in questi giorni, che è stato l'autore della più grande biografia di Pirandello, quella della Utet. Fu lei che mi fece conoscere Ungaretti, Montale, Saba, mentre io ero fermo a Carducci e a Pascoli – che mi piaceva più di tutti. Mi fece leggere i narratori, fu lei che mi fece conoscere Cecchi.

Ero appassionato di Emilio Cecchi. Mi piaceva moltissimo. Un giorno cominciai per gioco – o forse non per gioco, sapevo di voler imparare qualcosa: scrissi una frase di Cecchi – era tratta da *Le tigri sotto la luna*, che fa parte di *Corse al trotto vecchie e nuove* – e la riscrissi a modo mio. Non suonava più. Mi chiedevo, allora: «Perché ha adoperato questo aggettivo, e l'ha messo prima o l'ha messo dopo?». Questo esercizio, fatto su Montale, è chiaro che dava risultati strepitosi.

Io sono diventato poeta su poeta. *Poeta poetae abitur.* Perché rifacevo Montale. Infatti, quando poi mandai molti anni dopo un gruppo di poesie... Perché io sono stato sempre sfortunato...

Come, sfortunato?

E sì! Quando mi liberai di Montale e cominciai a scrivere poesie a modo mio, scrissi un vero e proprio poemetto e lo mandai a una rivista splendida, che si chiamava «Sud». La dirigeva Pasquale Prunas.

E c'erano La Capria, Scognamiglio, Compagnone, Ortese...

Prunas mi scrisse una lettera bellissima dicendo: «Te lo pubblico nel prossimo numero, nella pagina centrale».

Morto « Sud»!

Morto. E non è finita. Mando un gruppo di poesie al «Politecnico» di Vittorini. Vittorini mi scrive dicendo: «Va bene, te ne pubblico quattro o cinque nel prossimo numero». Io piglio il treno e vado sparato a Milano per andarlo a conoscere. Arrivo in redazione e nell'anticamera c'è un signore triste e serio, che poi scoprirò essere Franco Fortini. Gli chiedo di Vittorini, mi dice che è nell'altra stanza, mi presento emozionatissimo e lui mi dice: «Ma che ci fai qui?». «Sono venuto a conoscerla.» E lui: «Cosa fai oggi?». Io: «Nulla». Vittorini: «Stiamo un po' insieme? Andiamo un po' in giro?». E così ho passato una giornata fino alle ore diciotto insieme a Elio Vittorini, a spasso per Milano.

Che meraviglia...

Mi chiedeva: «Ci sei stato a Pietraperzia?». «Sì, ci sono stato due anni fa.» «E com'è, com'è?» Si ripassava, e questo l'ho capito dopo, *Le città del mondo*. Però, anche se non lo conoscevo, sospettai che c'era qualcosa che non andava. Quando tornammo in redazione, disse: «L'hai letta "l'Unità", stamattina?». «No» risposi. Si levò il giornale dalla tasca e me lo diede: «Tieni, leggi». C'era l'articolo di Alicata. Il numero successivo del «Politecnico» non uscì mai. E quindi anche le mie poesie non uscirono mai.

Il destino era segnato, ma tutto in ritardo!

È così: il mio è stato un destino ritardato.

Però insomma, cosa consiglia ai giovani scrittori con cui sta lavorando?

Si prendano l'autore che amano e provino a capire perché scrive una frase in un certo modo. Cioè, la vera scuola è la lettura. Ed è chiaro che poi, arrivato a un certo punto, leggendo ti trovi in sintonia con uno scrittore, dici: «Mannaggia, eccolo qua!». Allora comincia a studiare perché ti piace. Ti piace perché ha scritto in un certo modo? E allora esamina come ha scritto, renditi conto, prova a spostare la virgola, prova a spostargli gli aggettivi e a vedere cosa succede: capisci che era necessario scrivere come ha scritto, che qualsiasi altra soluzione imbruttisce la frase. Questo è scoprire il segreto della scrittura, altrimenti che fai?

Oppure dico: andatevi a guardare le varianti di Leopardi. «Quieta sopra gli orti posa la luna.» Guardate come ci arriva a questo *posa*, perché lui c'ha una palla tanta, bianca, che sta lì: *appare*, no, la cancella; *spunta*, no, *spunta* no, e la cancella. Finalmente, al decimo tentativo arriva: *posa*. Scrivere è questo.

La vita privata, negli ultimi anni, come entra in quella dello scrittore? Com'è la sua giornata?

Cominciamo con la prima fissazione. Lo dico sempre: se fossi un impiegato statale, il ministro Brunetta dovrebbe portarmi a esempio. Io mi alzo tutte le mattine alle sei – se non sono le sei, sono le sei e dieci, va bene? Per mettermi a scrivere devo essere perfettamente in ordine, cioè a dire lavato, sbarbato, vestito di tutto punto. Altrimenti in ciabatte e pigiama non riesco a scrivere un rigo. Non so se sia rispetto per la scrittura o rispetto per me stesso.

O l'idea di andare in ufficio...

L'altro giorno mi è scappato di dire al telefono proprio così: sto qui in ufficio. Ecco, se vai in ufficio, non ci vai in pigiama. Anche se al mio paese la gente ci andava in pigiama. Infatti la prima volta che mia moglie ci è venuta, ha detto: «Ma quello lì sta in pigiama!». Embe'? Era seduto al caffè in pigiama e io non capivo: dove sta la tragedia?

E poi: scrivere comunque, anche se non te la senti. Scrivi una lettera a te stesso, o a una sorella che non hai mai avuto. Secondo me lo scrittore è come un pianista, o come un chirurgo: se quelli non si esercitano, non riescono più. Così, scrivo ogni giorno, fino alle dieci.

E dopo, che succede?

Dopo cominciano le telefonate, le interviste, eccetera. Nel pomeriggio, dormo. Quando mi sveglio c'è per tre giorni alla settimana la presenza di una signora con la quale rispondiamo alle lettere – perché noi rispondiamo a tutti, e ti assicuro che sono centinaia di lettere. Oppure, nei giorni pari, rivedo quello che ho scritto. Ed è capace che certe volte ricomincio da capo. Perché scrivo al computer, da un decennio, ma non posso fare le correzioni al computer. Certo, faccio le correzioni elementari: se invece di scrivere «sole» scrivo «sule», allora cancello. Ma per fare le correzioni sostanziali devo stampare e farle a penna. Poi le riporto sul computer. Dopodiché, quando ho finito il libro, lo rileggo tutto e nel 99 per cento dei casi riscrivo decine e decine di pagine. Un po' perché non soddisfano me, un po' perché l'unica lettrice alla quale do il romanzo, che è mia moglie, arrivata a un certo punto storce la bocca. «Perché fai così? Qui non funziona.»

Allora io mi arrabbio come un pazzo. E lei dice: «Se devi fare così, non me lo far leggere più».

Perché mi arrabbio? Perché in realtà ha individuato il nervo scoperto. Cioè dove io ho barato, dove non ho saputo risolvere una situazione e ho pensato: «Sai che ti dico? Mo' la lascio così e buonanotte».

E invece lei se ne accorge e quindi sono costretto a riscrivere.

Una sola curiosità, per finire. Perché non ha Internet in casa, o la mail?

Temo invasioni di campo.

Non fa parte della sua giornata.

No, le considero come possibili intrusioni. Io sono apertissimo, ma ci sono delle cose che possono darmi fastidio. Adopero il computer ma, come ha detto una volta Grisham: «Ho un computer da dieci anni, so scrivere solo su quello e tremo all'idea che possa rompersi». Anche io scrivo sullo stesso vecchio computer da dieci anni, ne ho uno nuovo ma lo adopera la signora che mi aiuta, che cerca anche di liberare il mio, ormai intasato.

L'altro giorno mio genero ha portato un telefonino che sembrava della Nasa, lo dà a sua figlia di anni undici e quella in un secondo, seduta di là con me, lo mette in funzione e comincia a fare giochi. Come dicono a Roma: nascono imparati. Mentre noi *cu lu culu*, come dicevano i contadini a proposito della lingua italiana: a forza di botte sul sedere.

Indice

Finito di stampare nel mese di giugno 2009
presso Grafica Veneta – via Malcanton, 11 – Trebaseleghe (PD)
Printed in Italy

Balthus 1933-